天

Borderless

下

天下，在乎正义和你

[法] 阿尔贝·加缪/著
Albert Camus
刘 婷/译

正 义 者

LES JUSTES

法律出版社 LAW PRESS·CHINA
·北 京·

图书在版编目（CIP）数据

正义者 / (法) 阿尔贝 · 加缪著 ; 刘婷译. -- 北京 : 法律出版社, 2024. -- ISBN 978-7-5197-9622-8

I. I565.35

中国国家版本馆CIP数据核字第202433Q7V2号

正义者
ZHENGYIZHE

作　　者：[法] 阿尔贝 · 加缪
译　　者：刘　婷
责任编辑：柯　恒　王　珊
特约编辑：艾学瀛
装帧设计：鲍龙卉
出版发行：法律出版社
编辑统筹：学术 · 对外出版分社
责任校对：王晓萍
责任印制：胡晓雅　宋万春
经　　销：新华书店
开　　本：880毫米×1230毫米　1/32
印　　张：3.75
字　　数：41千
版　　本：2024年11月第1版
印　　次：2024年11月第1次印刷
印　　刷：北京盛通印刷股份有限公司
书　　号：ISBN 978-7-5197-9622-8
定　　价：29.00元

销售电话：010-83938349　客服电话：010-83938350　咨询电话：010-63939796
地　　址：北京市丰台区莲花池西里7号(100073)
网　　址：www.lawpress.com.cn
投稿邮箱：info@lawpress.com.cn
举报盗版邮箱：jbwq@lawpress.com.cn
凡购买本社图书，如有印装错误，我社负责退换。电话：010-83938349

“我的爱情啊！我的生命啊！不，你不再是我的生命，而是我死亡中的爱情！”

——《罗密欧与朱丽叶》第四幕第五场

《正义者》于 1949 年 12 月 15 日在赫伯特剧院（经理：雅克·赫伯特）首次公演

导　演	保罗·奥蒂利
布景和服装	德罗纳
演员阵容 角色—扮演者	多拉·杜勒博夫—玛丽亚·卡萨雷斯 大公夫人—米歇尔·拉哈耶 伊万·卡利亚耶夫—塞尔日·雷吉亚尼 斯捷潘·费多罗夫—米歇尔·布吕克 波里斯·阿南科夫—伊夫·布雷恩维尔 亚力克西·沃诺夫—让·波米耶 斯库拉托夫—保罗·奥蒂利 福卡—蒙科尔比耶 看守—路易·佩德鲁

目　录

ACTE PREMIER

01

第一幕

恐怖分子的公寓。

清晨。

（幕布在寂静中升起。多拉和阿南科夫站在舞台上，纹丝不动。门铃响了一次。阿南科夫做了一个手势，阻止了似乎想要说话的多拉。门铃紧接着又响了两次。）

阿南科夫　是他。

（他开门出去。多拉在原地等待，仍然一动不动。阿南科夫揽着斯捷潘的肩膀进屋。）

阿南科夫　是他！是斯捷潘。

（多拉走向斯捷潘，握住他的手。）

多　　拉　见到你真高兴，斯捷潘！

斯　捷　潘　你好，多拉。

（多拉打量着他。）

多　　　拉　已经三年了。

斯　捷　潘　是的，三年了。他们逮捕我的那天，我正准备去找你们。

多　　　拉　我们那天一直在等你。时钟滴答，我的心口越来越紧。我们甚至不敢再互相看对方。

阿南科夫　我们不得不再次搬家。

斯　捷　潘　我知道。

多　　　拉　斯捷潘，那边怎么样？

斯　捷　潘　那边？

多　　　拉　苦役营？

斯　捷　潘　我们逃跑了。

阿南科夫　嗯，当我们听说你已经成功抵达瑞士时，真的很高兴。

斯　捷　潘　瑞士是另一个苦役营，波里亚*。

阿南科夫　你说什么？至少那里的人们是自由的。

斯　捷　潘　只要大地上还有一个被奴役的人，自由就是一种苦役。我在那里是自由的，但我一直在想着俄国和那里的奴隶。

（冷场）

阿南科夫　斯捷潘，党把你派到这里来，我感到很高兴。

斯　捷　潘　这很有必要。我在那边快要窒息了。行动，终于要行动了……

（他凝视着阿南科夫。）

我们会干掉他，是吧？

阿南科夫　我深信不疑。

斯　捷　潘　我们会杀掉那个刽子手。你是领导，波里亚，我听你的。

* 俄语中“波里斯”的昵称。——译者注

阿南科夫 我不需要你的承诺，斯捷潘。我们都是兄弟。

斯捷潘 要有纪律。我在苦役营领悟到了这一点。社会革命党需要纪律。在纪律规范下，我们就能杀死大公，推翻暴政。

多拉 （走向斯捷潘）斯捷潘，你先坐下，长途旅行后一定很疲惫吧。

斯捷潘 我永不知疲倦。

（冷场。多拉坐下。）

斯捷潘 一切准备就绪了吗，波里亚？

阿南科夫 （改变语气）一个月以来，我们有两个人一直在研究大公的行踪。多拉已经备好了所需的物资。

斯捷潘 宣言起草了吗？

阿南科夫 起草了。整个俄国都会知道，大公谢尔盖已经被社会革命党的战斗小组用炸弹处决，俄国人民的解放就在眼前。帝国朝廷也会知道我们继续实施恐怖行动的心意已决，土地不归还给人民我们不会罢休。是的，斯捷潘，是的，一切都准备好了！行动就在眼前。

斯　捷　潘　我应该干点什么？

阿南科夫　你先来给多拉当助手。施维则曾与她一起工作，你现在替代他。

斯　捷　潘　他牺牲了？

阿南科夫　是的。

斯　捷　潘　怎么死的？

多　　　拉　那是一场意外。

（斯捷潘盯着多拉。多拉移开了目光。）

斯　捷　潘　以后呢？

阿南科夫　以后再说吧。如果有必要，你必须准备好接替我们，与中央委员会保持联系。

斯　捷　潘　我们都有哪些同志？

阿南科夫　你在瑞士见过沃诺夫。尽管他很年轻，但我非常信任他。你不认识雅内克。

斯　捷　潘　雅内克？

阿南科夫　卡利亚耶夫。我们也叫他诗人。

斯　捷　潘　这听起来不像一个恐怖分子的名字啊。

阿南科夫　（笑着说道）雅内克可不这么想，他说诗歌很有革命性。

斯　捷　潘　只有炸弹才是革命的。（冷场）多拉，你看我能帮上你吗？

多　　　拉　能啊。只是注意不要弄断雷管。

斯　捷　潘　如果弄断了怎么办？

多　　　拉　施维则就是这样死的。（停顿）你笑什么，斯捷潘？

斯　捷　潘　我笑了吗？

多　　　拉　是的。

斯　捷　潘　我有时会这样。（停顿，似乎在思考。）多拉，一颗炸弹就能炸毁这座房子吗？

多　　拉　一颗不够。但楼房会被严重破坏。

斯 捷 潘　要炸毁莫斯科需要多少颗炸弹?

阿南科夫　你疯了！你什么意思啊?

斯 捷 潘　没什么。

（门铃响起。他们听着，等待着。门铃又响了两次。阿南科夫走向前厅，带着沃诺夫一同进来。）

沃 诺 夫　斯捷潘!

斯 捷 潘　你好。

（他们互相握手。沃诺夫走向多拉并亲吻了她。）

阿南科夫　一切顺利吗，亚力克西?

沃 诺 夫　很顺利。

阿南科夫　从皇宫到剧院的路线，你研究好了吗?

沃 诺 夫　我现在就可以给你们画出来。看，（他画起来）这里有转弯，这里道路狭窄，这里容易拥堵……马车会从我们的窗户下经过。

阿南科夫 这两个十字是什么意思?

沃 诺 夫 这是一个小广场，马匹会减速，这个是剧院，他们在这里停车。在我看来，这两个地点是最合适的。

阿南科夫 给我看看!

斯 捷 潘 有便衣?

沃 诺 夫 （迟疑了一下）有很多。

斯 捷 潘 你会被他们吓到吗?

沃 诺 夫 我会感觉不自在。

阿南科夫 没人在他们面前会感到自在。不要太紧张。

沃 诺 夫 我什么都不怕。我只是不习惯撒谎。

斯 捷 潘 人人都说谎。你只需要善于圆谎。

沃 诺 夫 说来容易。学生时代，因为不懂得如何掩饰自己，经常被同学嘲笑。我怎么想就怎么说，结果就被大学开除了。

斯 捷 潘 这是为何?

沃 诺 夫 历史课上，教授问我彼得大帝是如何建造圣彼得堡的。

斯 捷 潘 好问题。

沃 诺 夫 “用鲜血和鞭子。”我回答说。于是我就被开除了。

斯 捷 潘 然后呢……

沃 诺 夫 我明白仅仅揭露不公是远远不够的。必须舍命去抗争。如今，我感到很满足。

斯 捷 潘 然而，你撒谎了?

沃 诺 夫 我撒谎了。但在我投掷炸弹的那一天，我将不再撒谎。

（门铃响起，两声，紧接着又响了一声。多拉冲了出去。）

阿南科夫 是雅内克。

斯 捷 潘 信号不对。

阿南科夫 雅内克觉得好玩就改了。他有专属的信号。

（斯捷潘耸了耸肩。从前厅传来了多拉的说话声。多拉和卡利亚耶夫挽着胳膊走进来，卡利亚耶夫笑容满面。）

多　　拉　雅内克。这是斯捷潘，他将接替施维则。

卡利亚耶夫　欢迎你，兄弟。

斯　捷　潘　谢谢。

（多拉和卡利亚耶夫面对其他人坐下。）

阿 南 科 夫　雅内克，你确定能认出那辆马车吗？

卡利亚耶夫　我很确定，因为我实实在在见过它两次。一旦这辆马车出现在地平线上，哪怕有一千辆车，我也能把它认出来！我记下了所有的细节。比如，左侧车灯的玻璃有个缺口。

沃　诺　夫　便衣呢？

卡利亚耶夫　成群结队。但我们是老相识了。他们还给我买烟呢。（他笑着说）

阿南科夫 帕维尔确认情况了吗？

卡利亚耶夫 这周，大公要去看戏。很快，帕维尔就会知道确切的日子，然后把消息传达给门房。（他转向多拉，笑着说）我们很幸运，多拉。

多　拉 （注视着他）你不再当小贩了？你现在是个大人物了。真是帅气。你舍得你那件皮大衣吗？

卡利亚耶夫 （笑着说）没错，我穿着那件皮大衣感觉很得意呢。（对斯捷潘和阿南科夫）我花了两个月的时间观察小贩，在我的小房间里练习模仿了一个月。我的同行们从来没有怀疑过我的真实身份。他们还常说："真是个厉害的家伙，甚至连沙皇的马都能卖。"然后他们还试着反过来模仿我。

多　拉 你肯定忍不住笑了。

卡利亚耶夫 你知道我忍不住。乔装打扮，这种新的生活……一切都让我觉得很有趣。

多　拉　我可不喜欢伪装。（她指着自己的裙子）还有，这件华丽的破衣服！波里亚本可以给我找件别的。现在弄得我像个女演员！我的心很单纯的。

卡利亚耶夫　（笑着说）你穿这件裙子多漂亮呀。

多　拉　漂亮！能漂亮我当然高兴。但现在不应该想这些。

卡利亚耶夫　为什么？你的眼睛总是写满悲伤，多拉。我们应当快乐，应当骄傲。美是存在的，快乐是存在的！“在那宁静的地方，我心中荡漾着对你的祝福……”

多　拉　（面带微笑）“我呼吸着那永恒的夏天……”

卡利亚耶夫　哦！多拉，你还记得这些诗句呢。你在笑？我好开心……

斯捷潘　（打断他）我们这是在浪费时间。波里亚，我想我们应该通知门房吧？

（卡利亚耶夫惊讶地看着他。）

阿南科夫 是的。多拉，你愿意下趟楼吗？别忘了给小费。沃诺夫会帮你把房间里的材料整理好。

（大家各自离开。斯捷潘坚定地走向阿南科夫。）

斯捷潘 我想投炸弹。

阿南科夫 不行，斯捷潘。投炸弹的人已经定好了。

斯捷潘 求你了。你知道这对我意味着什么。

阿南科夫 不行。规则就是规则。（沉默）我也不会去投炸弹，到时就会守在这里。规则是残酷的。

斯捷潘 谁将投出那第一颗炸弹？

卡利亚耶夫 我。沃诺夫投第二颗。

斯捷潘 你？

卡利亚耶夫 这让你感到很惊讶吗？你难道不相信我吗！

斯捷潘 这需要经验。

卡利亚耶夫　经验？你很清楚，我们只需要投一次，然后……没有人投过两次。

斯　捷　潘　需要一双稳健的手。

卡利亚耶夫　（伸出他的手）看看。这像是会颤抖的手吗？

（斯捷潘转过身去。）

卡利亚耶夫　当然不会颤抖。怎么！如果暴君出现在我面前，我会有半点犹豫吗？你怎么能这样想呢？即使我的手会颤抖，我也有一定能杀死大公的方法。

阿南科夫　什么方法？

卡利亚耶夫　扑向马蹄下面。

（斯捷潘耸了耸肩，走到后面坐下。）

阿南科夫　不，没有这个必要。你必须试着逃跑。组织需要你，你必须保护自己。

卡利亚耶夫　我会服从的，波里亚！这是多么大的荣耀，对我来说是多么的光荣！啊！我不能辜负。

阿南科夫 斯捷潘，当雅内克和亚力克西监视马车的时候，你走上街。你到时隔一段时间就经过我们窗前，然后我们约定一个信号。多拉和我会在这里等待发布宣言的时刻。如果我们运气好的话，大公就会一命呜呼。

卡利亚耶夫 （兴奋地说）是的，我会干掉他！如果成功了，那将是多么的幸福！大公算不了什么。我们必须打击更高层的人！

阿南科夫 先是大公。

卡利亚耶夫 如果失败了怎么办，波里亚？你觉得我们是否应该效仿日本人。

阿南科夫 这话是什么意思？

卡利亚耶夫 在战争期间，日本人不投降，而是选择自杀。

阿南科夫 不。不要想着自杀。

卡利亚耶夫 那想什么呢？

阿南科夫 再次制造恐怖袭击。

斯捷潘 （在后台说）自杀的人非常爱自己。一个真正的革命者不能爱自己。

卡利亚耶夫 （猛然转身）一个真正的革命者？你为什么这样对待我？我怎么招惹你了？

斯捷潘 我不喜欢那些因为无聊而投身革命的人。

阿南科夫 斯捷潘！

斯捷潘 （站起来向他们走去）是的，我这人说话比较直。对我来说，仇恨不是游戏。我们革命不是为了自恋。我们闹革命是为了成功。

卡利亚耶夫 （温柔地说）你为什么这么说我？谁告诉你我无聊了？

斯捷潘 我不知道。你改变接头信号，你喜欢扮演小贩的角色，你朗诵诗句，你想扑向马蹄之下，现在，又要自杀……（他注视着卡利亚耶夫）我信不过你。

卡利亚耶夫　（克制着自己）你不了解我，兄弟。我热爱生活。我不无聊。我投身革命是因为我热爱生活。

斯　捷　潘　我不热爱生活，但我热爱超越生活的正义。

卡利亚耶夫　（明显在克制）每个人都以自己的方式为正义效力。我们必须接受我们的不同。如果可能的话，我们应该爱彼此。

斯　捷　潘　我们做不到。

卡利亚耶夫　（勃然大怒）那你为什么要加入我们？

斯　捷　潘　我加入是为了杀人，不是为了爱他，也不是为了赞美人与人之间的不同。

卡利亚耶夫　（怒火依旧）你无法单独行动，必须师出有名。你将与我们肩并肩，以俄国人民的名义杀人。这才名正言顺。

斯　捷　潘　（同样激动）我不需要。三年前我一夜之间就获得了永远的理由，在监狱里。我不能忍受……

阿南科夫 够了！你们疯了吗？你们还记得我们是谁吗？兄弟们，彼此不分，共同执行暴君的死刑，为了国家的解放！我们一起杀人，没有什么能把我们分开。（冷场。阿南科夫看着大家。）来吧，斯捷潘，我们必须商量信号了……

（斯捷潘下）

阿南科夫 （对卡利亚耶夫说）别太在意。斯捷潘受过苦。我会和他好好谈谈。

卡利亚耶夫 （脸色苍白）他伤害了我，波里亚。

（多拉上场）

多　　拉 （看到卡利亚耶夫的样子）怎么了？

阿南科夫 没事。

（阿南科夫下）

多　　拉 （问卡利亚耶夫）怎么了？

卡利亚耶夫 我们刚刚发生了冲突。他不喜欢我。

（多拉默默地坐下。冷场。）

多　　拉　我觉得他不喜欢任何人。当一切都大功告成，他会更开心的。不要难过。

卡利亚耶夫　我很伤心。我希望得到你们所有人的爱。我为组织放弃了一切。我怎么承受得起兄弟们离我而去？有时候，我觉得大家不理解我。这是我的错吗？我知道我这人很笨……

多　　拉　大家都爱你，也理解你。斯捷潘与众不同罢了。

卡利亚耶夫　没有，我知道他是怎么想的。施维则曾经说过："你太与众不同就无法成为革命者。"我想向他们解释，我就是芸芸众生中的一员。他们却认为我太疯狂，太冲动。然而，我和大家一样，有相同的信念，也同样愿意牺牲自己。我也可以足智多谋、沉默寡言、深藏不露、精明能干。只是，生活对我来说仍然是美妙的。我热爱美，热爱幸福生活！这就是为什么我憎恨专制政权。怎么向他们解释呢？革命是必需的！但是革命是为了生活，是为了给生活创造新的机遇，你明白吗？

多　　拉　（激动地说）我懂……（冷场，压低声音）但是，我们却要去杀人。

卡利亚耶夫　我们？……啊，你是说……这不是一码事。哦，不！这不是一码事。而且，我们杀人是为了建立一个永远不再杀人的世界！我们甘愿成为凶手，这样世界上最终都是清白的人。

多　　拉　如果事实并非如此呢？

卡利亚耶夫　别说了，你知道这是不可能的。如果这样，那么斯捷潘就是对的了。我们就应该唾弃美丽。

多　　拉　我在组织里的资历比你老。我明白没有什么事情是简单的。但是你有信念……我们都需要信念。

卡利亚耶夫　信念？不。只有一个人有过。

多　　拉　你有坚强的灵魂。你会排除万难，坚持到底。你为什么要求投第一颗炸弹？

卡利亚耶夫　终日谈论恐怖行动，却不参与其中，这合理吗？

多　　拉　不合理。

卡利亚耶夫　我们必须站在最前线。

多　　拉　（似乎在思考）没错。有最前线，但也有最后一刻。这些是我们必须考虑的。勇气和激情是大家都需要的……你也不例外。

卡利亚耶夫　这一年来，我没有想过其他任何事情。我就是为了这一刻而活着。我现在很清楚我想同大公同归于尽，流尽最后一滴血，或者在爆炸的火焰中瞬间燃烧，什么都不留。你明白我为什么要求投炸弹吗？我想为信念而死，这是唯一能达到信念高度的方法。这就名正言顺了。

多　　拉　我也渴望这样死去。

卡利亚耶夫　嗯，这是一种令人羡慕的幸福。夜晚时分，我有时会在我那小贩的草垫上翻来覆去。一个想法困扰着我：他们就这样把我们变成了凶手。但我又想到我也会死去，然后我的心就恢复了平静。你看，就这样，我微笑起来，像个孩子一样重新进入梦乡。

多　　拉　就是这样，雅内克。杀人然后牺牲。但在我看来，还有一种更大的幸福。（她沉默片刻。卡利亚耶夫看着她。她垂下眼帘。）断头台。

卡利亚耶夫　（激动地说）我想过这个问题。在刺杀的时刻死去会留下一些未竟的事项。相反，在袭击和断头台之间的那段时间仿佛永恒，也许对人类来说，这是唯一的永恒。

多　　拉　（急切地抓住他的手，说话声听起来很紧迫）这种想法应该能帮助你。我们付出的代价超过了我们所得到的。

卡利亚耶夫　这是什么意思？

多　　拉　我们是被迫杀人，对吧？我们要故意牺牲一条命，是吧？

卡利亚耶夫　是的。

多　　拉　但是从走向刺杀到走向断头台，这意味着付出了两次生命。我们付出的代价超过了需要偿还的。

卡利亚耶夫　是的，这是死掉了两次。谢谢你，多拉。没有人能指责我们。现在，我对自己充满信心。

（冷场）

你怎么了，多拉？为什么不说话了？

多　　拉　我还想帮助你。只是……

卡利亚耶夫　只是什么？

多　　拉　不不，我疯了。

卡利亚耶夫　你不信任我吗？

多　　拉　哦，不，亲爱的，我不信任我自己。自从施维则牺牲后，我有时会有一些奇怪的想法。而且，也轮不到我来告诉你困难在哪里。

卡利亚耶夫　我喜欢挑战。如果你对我还高看一眼，就请相告吧。

多　　拉　（凝视着他）我知道。你很勇敢。这正是我所担心的。你大笑，你振奋，你不惜献身，你热情似火。但几小时后，你必须从这个梦中醒来，专注于要采取的行动。也许最好提前谈谈……以避免意外，避免动摇……

卡利亚耶夫　我不会动摇的。请直言不讳。

多　　拉　好吧，袭击，断头台，死掉两次，这都是最容易的。你的心足够强大。但是站在最前线……（她沉默了，看着他，似乎在犹豫什么。）在前线，你会看到他……

卡利亚耶夫　谁？

多　　拉　大公。

卡利亚耶夫　一秒钟，仅仅一秒钟。

多　　拉　在这一秒钟里，你会注视着他！哦！雅内克，你必须知道，你必须有所准备！他也是一个人。大公的眼神里可能有善良的光。你会看到他挠耳朵或开心地微笑。谁知道呢，他脸上可能有一道小小的剃刀留下的伤痕。或许，他在那一刻会同样看着你……

卡利亚耶夫 我要消灭的不是他这个人，而是专制制度。

多　拉 当然，当然。我们必须消灭专制。在我准备炸弹、上雷管的时候，在那些最困难的时刻，那些神经紧张的时刻，我心中仍然有一种奇怪的幸福。但是，我并不认识大公，如果在这段时间里，他突然坐在我面前，那就没那么容易了。你，你会离他很近。非常近……

卡利亚耶夫 （激动地说）我不会看到他的。

多　拉 为什么？你会闭上眼睛吗？

卡利亚耶夫 不会。但上帝保佑，仇恨会在关键时刻降临，让我瞬间失明。

（门铃响了一下。他们停止了交谈。斯捷潘和沃诺夫上。）

（前厅传来说话声。阿南科夫上。）

阿南科夫 是门房。大公明天会去剧院。（他看着大家）一切都要准备妥当，多拉。

多　　拉 （低声说）好的。（缓步走下）

卡利亚耶夫 （目送她走出去，然后转向斯捷潘，语气温和）我会干掉他。带着成功的喜悦！

幕落。

ACTE DEUXIÈME

02

第二幕

次日傍晚，同一地点。

（阿南科夫站在窗边。多拉坐在桌旁。）

阿南科夫　大家已经就位了。斯捷潘点燃了香烟。

多　　拉　大公什么时候经过？

阿南科夫　随时都有可能。快听，那是马车吗？不是。

多　　拉　坐下吧。耐心点。

阿南科夫　炸弹怎么样了？

多　　拉　坐下吧。我们什么也干不了了。

阿南科夫　我们现在可以羡慕他们。

多　　拉　你也有你的职责。你是头儿啊。

阿南科夫　我是头儿。但雅内克比我强，也许他……

多　　拉　每个人承担的风险都是一样的。无论是投炸弹的还是不投炸弹的人。

阿南科夫　风险最终还是一样的。但此刻，雅内克和亚力克西正处于火线上。我知道我不应该和他们在一起。然而，有时，我害怕我太容易接受自己的角色。毕竟，被迫同意不投掷炸弹不是件难事。

多　　拉　那又怎样呢？最重要的是你要做该做的事，坚持到底。

阿南科夫　你真冷静！

多　　拉　我不冷静，我很害怕。我已经和你们在一起三年了，制造炸弹也有两年了。我执行了所有命令，我相信我没有漏过任何东西。

阿南科夫　当然，多拉。

多　　拉　嗯，这三年来我一直很害怕，这种恐惧如影随形，不会随着睡梦消失，早上又会重新出现。所以我必须学会适应。我还学会了在最害怕的时候保持冷静。这没什么值得骄傲的。

阿南科夫　相反，你应该感到骄傲。我，我无法控制自己。你知道吗，我怀念过去的日子，丰富多彩的生活，女人……是的，我喜欢女人、葡萄酒，那些无休无止的黑夜。

多　　拉　我猜到了，波里亚。这就是为什么我特别喜欢你。你的心还没有死，仍然渴望快乐，这可比那种可怕的沉默要好，有时，沉默取代了呼喊。

阿南科夫　你在说什么？你？这怎么可能？

多　　拉　你听。

（多拉猛然站起来。窗外传来一阵马车的声音，继而是一片寂静。）

多　　拉　不对，不是他。我的心怦怦直跳。你看，我什么都没学会。

阿南科夫　（走到窗边）注意。斯捷潘打了个手势。是他。

（他们确实听到了远处马车车轮隆隆的声音，这声音越来越近，从窗户下飘过，然后逐渐远去。长时间的冷场。）

阿南科夫 再等几秒钟……

（他们竖起耳朵聆听。）

阿南科夫 时间过得真慢。

（多拉做了一个手势。长时间冷场。远处传来了钟声。）

阿南科夫 这不可能。雅内克应该已经投出炸弹了啊……马车可能到剧院了。亚力克西在哪呢？看呀！斯捷潘返回来朝剧院跑去。

多　拉 （冲向阿南科夫）雅内克被捕了。他肯定被捕了。我们必须想点办法。

阿南科夫 等一下。（他静静听着）不，结束了。

多　拉 这是怎么回事？雅内克什么都没做呢就被捕了！我知道他已经准备好了一切。他不惧怕面对监狱和审判。但是在杀了大公之后！不是这样，不，不是这样！

阿南科夫 （向外看去）是沃诺夫！快开门！

（多拉去开门。）

（沃诺夫上，脸色苍白。）

阿南科夫 亚力克西，快说是怎么回事。

沃　诺　夫 我什么都不知道。我在等第一颗炸弹爆炸。我看到马车转弯，但什么都没发生。我快疯了。我以为你在最后一刻改变了我们的计划，我便犹豫了。然后，我就跑回这里了……

阿南科夫 雅内克呢？

沃　诺　夫 我没看到他。

多　　拉 他被捕了。

阿南科夫 （一直看向窗外）他回来了！

（多拉开门。卡利亚耶夫上，脸上满是泪水。）

卡利亚耶夫 （神情迷茫）兄弟们，原谅我。我做不到。

（多拉走向他，握住他的手。）

多　　拉 没关系。

阿南科夫 发生了什么事？

多　　拉 （对卡利亚耶夫说）没关系。有时候，一切就在最后一刻崩塌。

阿南科夫 但这是不可能的。

多　　拉 别追究了。你不是唯一一个，雅内克。施维则也一样，第一次时退缩了。

阿南科夫 雅内克，你害怕了吗？

卡利亚耶夫 （跳起来）害怕？没有。怎么可能害怕！

（有人按约定的暗号敲门。阿南科夫示意沃诺夫出去。卡利亚耶夫沮丧倒地。冷场。斯捷潘上。）

阿南科夫 怎么样？

斯 捷 潘 大公的马车里有小孩子。

阿南科夫 小孩子?

斯捷潘 是的。大公的侄子和侄女。

阿南科夫 根据奥洛夫的说法，大公应该是独自一人。

斯捷潘 还有大公的夫人。我觉得，对我们这位诗人来说，人太多了。还好便衣什么都没看到。

（阿南科夫低声对斯捷潘说话。所有人的目光都集中在卡利亚耶夫身上，卡利亚耶夫抬起眼睛看着斯捷潘。）

卡利亚耶夫 （神情迷茫）我万万没有料想到……会有小孩子。你注意看过小孩子吗?他们有时会有那种严肃的眼神……我一向无法承受这眼神……然而，就在一秒钟前，在广场角落的阴影中，我是多么快乐。当马车的灯光在远处闪烁时，我的心开始欢快地跳动，我向你发誓。随着马车的隆隆声越来越大，我的心也跳动得越来越激烈。它在我的身体里发出了巨大的噪声。我都想跳起来了。我相信我甚至都在笑。我在说“对的，对的”……你明白吗？

（他将目光从斯捷潘身上移开，恢复了沮丧的姿态。）

我向马车跑去。就在那一刻，我看到了他们。他们的脸上没有笑容，背挺得笔直，眼睛仿佛凝视着空气。他们看起来多么悲伤！穿着肥大的礼服，手放在大腿上，身躯有点僵硬，坐在车门两侧的座位上！我没有看到大公夫人。我只看到了他们。如果他们看我一眼，我想我也许会投炸弹。至少为了熄灭那悲伤的眼神。但他们始终注视着前方。

（他抬起眼睛看着其他人。冷场。声音更加低沉。）

我不知道发生了什么。我的胳膊变得无力。我的腿在颤抖。一秒钟后，一切已经太晚了。（冷场。他看着地面。）那一刻，我感觉好像钟声在响，多拉，我是不是在做梦？

多　　拉　不是，雅内克，你不是在做梦。

（多拉把手放在他的胳膊上。卡利亚耶夫抬起头，看到大家都转向他。他便站起身来。）

卡利亚耶夫 看着我，兄弟们，看着我，波里亚，我不是一个懦夫，我没有退缩。我没有预料到他们会出现。一切都发生得太快了。那两个严肃的小脸让我手中的东西变成了沉重的负担。我还必须把那东西扔向他们。就这样。直接扔过去。哦，不！我做不到。

（他的目光在众人身上游移）

以前我在家乡乌克兰赶车时，快得像风一样，什么都不怕。世间没有什么让我害怕，除了撞到孩子。我想象着撞到他们，脆弱的小脑袋撞到路边，飞起来……

（他不再说话）

帮帮我……

（冷场）

我本想自杀。我之所以回来是因为觉得我欠你们一个解释，你们是我唯一的判官，你们会告诉我我是否做错了，你们是不会错的。但你们什么都不说。
（多拉走上前拍了拍他）
（他看着大家，用低沉的声音说）
这就是我的提议。如果你们决定必须杀死这些孩子，我会等着剧院散场，独自一人前去投炸弹。我知道我肯定不会错过目标。只要决定了，我就会服从组织。

斯 捷 潘 组织早就命令你杀死大公。

卡利亚耶夫 没错。但没有要求我杀害孩子。

阿 南 科 夫 雅内克说得对。这纯属计划之外。

斯 捷 潘 他本该服从组织命令。

阿 南 科 夫 责任在我。一切本应预先计划好，任何人都不能在行动上犹豫不决。我们现在需要决定是否应该彻底放弃这次机会，还是要命令雅内克在剧院门口等待。亚力克西你觉得呢？

沃 诺 夫 我不知道。换成我，我想我可能会像雅内克一样。但我对自己没信心。（小声说）我的手没那么稳。

阿南科夫 多拉呢？

多　　拉 （神情激动）我会像雅内克一样退缩。我自己都做不到的事情，能建议别人做吗？

斯 捷 潘 你们意识到这个决定意味着什么吗？跟踪了两个月，避开了多少危险，又经历了多少最可怕的危险，两个月的时间就白白浪费了。叶戈尔无缘无故地被逮捕。里克夫无缘无故地被绞死。难道我们要重新开始吗？还要再煎熬几周，日夜保持警惕，神经紧绷，等待合适的机会？你们疯了吗？

阿南科夫 再过两天，大公还会去剧院，你很清楚。

斯 捷 潘 耽误两天我们就可能会被逮住，你自己说的。

卡利亚耶夫 那我去吧。

多　　拉 等等！（对斯捷潘）斯捷潘，你难道可以睁着眼睛，顶着一个小孩的脑袋开枪？

斯捷潘　如果组织命令我这么做，我可以做到。

多　拉　你为什么要闭眼？

斯捷潘　我？我闭眼了？

多　拉　是的。

斯捷潘　我这样做是为了更好地想象那个场景，据实回答。

多　拉　睁开眼睛，你要明白如果组织有片刻容忍我们的炸弹伤害儿童，它的权力和影响力就会丧失。

斯捷潘　我可没心情关心这些琐事。如果决定忘记孩子，那么我们将成为世界的主宰，革命胜利就在眼前。

多　拉　那一天到来时，革命将为全人类所憎恨。

斯捷潘　那又如何？如果我们足够爱人类，就可以将革命强加给全人类，然后将其从自身的奴役中解放出来。

多　　拉　如果人类拒绝革命呢？如果你为之奋斗的全体人民拒绝让他们的孩子被杀害，该怎么办呢？也要打击他们吗？

斯捷潘　是的，如果有必要的话，我需要让他们明白。我也热爱人民。

多　　拉　爱不是这样的。

斯捷潘　谁说的？

多　　拉　我，多拉。

斯捷潘　你是个女人，你对爱的理解是错误的。

多　　拉　（激动地）但我对羞耻的理解是正确的。

斯捷潘　我曾经为自己感到羞耻，只有那么一次，还是因为别人的过错。当他们用鞭子抽打我的时候。被鞭子抽，你们知道那是什么感觉吗？维拉在我身边，她以自杀的方式来抗议。我却活了下来。我现在有什么可羞耻的呢？

阿南科夫　斯捷潘，这里的每个人都爱你并且尊重你。但无论你的理由是什么，我不能让你口吐狂言。我们已有数百名兄弟牺牲，就是要让我们知道，并非一切都是可行的。

斯 捷 潘 任何能为我们事业服务的事情都是可行的。

阿南科夫 （生气地）像埃夫诺提议的那样加入警察的队伍并在两边摇摆，这样就好吗？你会这么做吗？

斯 捷 潘 我会，如果有必要的话。

阿南科夫 （站起来）斯捷潘，考虑到你为我们所做的一切，我们暂不计较你刚才说的话。你只需要记住这一点。我们现在需要决定是否要在今天炸死这两个孩子。

斯 捷 潘 孩子！你们嘴里只有这个词。你们难道没想过吗？因为雅内克没有杀死这两个孩子，成千上万的俄国孩子将在未来几年里饿死。你们见过饿死的孩子吗？我见过。炸弹造成的死亡同这种死法比起来，简直是一种解脱。但可惜雅内克没有看见他们。他只看到了大公的两只机灵的狗。你们难道不是人吗？你们只活在当下吗？那么就选择仁慈吧，只治愈每一天的病痛，不要想着治愈所有现在和未来病痛的革命。

多　　拉　雅内克之所以同意杀死大公，是因为他的死可以使俄国孩子不再挨饿的那一天加速到来。但大公侄子的死并不能阻止任何一个孩子饿死。即使搞破坏，也要有秩序，有限度。

斯 捷 潘　（激烈地）没有限制。事实是你们根本不相信革命。

（除了雅内克，所有人都站了起来。）

你们不相信。如果你们完全、彻底地相信革命，如果你们确信通过我们的牺牲最终取得革命胜利，我们就能建立一个摆脱专制的自由俄国，一个最终将覆盖整个世界的自由之地。那时的人类会从主人手中和偏见中解放出来，将向天空展示真正的神；如果你们对此没有怀疑，那么两个孩子的死又算什么呢？你们也认为自己拥有一切权利，所有人，你们听到了吗？如果两个孩子的死就让你们裹足不前，那就是因为你们的信念已经动摇了。你们在质疑革命。

（冷场。卡利亚耶夫站起身来。）

卡利亚耶夫 斯捷潘，我为自己感到羞耻，因此我不会让你继续说下去了。我接受为了推翻专制而杀人。但在你说的话背后，我看到另一个专制政权的预兆，如果这个政权真的建立起来，会把我变成一个杀手，而我一直试图成为一个伸张正义的人。

斯　捷　潘 只要正义建立起来，哪怕是由杀手完成的，那么你是否代表正义，又有什么关系呢。你和我，我们都无足轻重。

卡利亚耶夫 我们是有价值的，这你很清楚，因为你今天还在以你的骄傲的名义说话。

斯　捷　潘 我的骄傲只关乎我自己。但人们的自豪，他们的反抗，他们面对的生活不公，这些，是我们所有人的事情。

卡利亚耶夫 人们不仅仅靠正义而活。

斯 捷 潘 当他们的面包被夺走时，除了正义，他们还能靠什么活着呢？

卡利亚耶夫 靠正义和清白。

斯 捷 潘 清白？我也许知道它是什么。但我选择忽视它，并让成千上万的人忽视它，期待有一天它能获得更大的意义。

卡利亚耶夫 我们必须非常确定那一天会到来，才能否认所有让人愿意生活下去的东西。

斯 捷 潘 我确信那一天能到来。

卡利亚耶夫 你不能确信。要认清到底谁是对的，可能需要牺牲几代人，经过几场战争，经历可怕的革命。当这血雨在大地上干涸之际，你和我都早已化为尘土。

斯 捷 潘 我们后继有人，这些人就是我的兄弟。

卡利亚耶夫 （大声叫嚷）后继有人……是的！我

爱那些和我生活在同一片土地上的人，我向他们致敬。我为他们而战，我愿为他们而死。我不会为了一个我不确定的遥远国度去迎面攻击我的兄弟们。我不会为了已死的正义去增加当下的不公。（低声但坚定地）兄弟们，我想坦率地告诉你们，我要说出这句连朴素的农民也理解的话：杀害孩子是不光荣的。如果有一天，我还活着，革命要向不光荣的方向发展，我会和革命划清界限。如果你们这样决定了，我会在剧院出口处等待，但我会在马蹄下自尽。

斯　捷　潘　光荣是件奢侈品，留给那些有马车的人。

卡利亚耶夫　不对。光荣是穷人的最后财富。你很清楚，而且你也知道革命的光荣，这种光荣让我们甘愿献身。这是曾经让你在鞭子下昂首挺胸的光荣，斯捷潘，也是让你今天还能这样说话的光荣。

斯　捷　潘　（大喊）住口。我不准你提起这件事。

卡利亚耶夫 （愤怒）我为什么要住口呢？我都让你说我怀疑革命了。你已经说我会无缘无故地杀死大公，我是个杀手。我允许你这么说，我也没有打你。

阿南科夫 雅内克！

斯捷潘 有时候，杀得不够就等于无意义的杀戮。

阿南科夫 斯捷潘，这里没有人同意你的观点。我们已经做出决定了。

斯捷潘 那我只能服从。但我要重申，敏感的人不适合恐怖行动。我们是杀手，我们选择成为杀手。

卡利亚耶夫 （出离愤怒）不对。我选择牺牲，这样让谋杀无法得逞。我选择保持清白。

阿南科夫 雅内克和斯捷潘，你们够了！组织已经做出决定，杀害这些孩子没有意义。我们必须重新开始进行跟踪。我们应该做好准备，两天后重新开始行动。

斯捷潘 如果孩子们还在那里怎么办？

阿南科夫 那我们就等待新的机会。

斯捷潘 如果大公夫人陪同大公怎么办？

卡利亚耶夫 我不会放过她。

阿南科夫 听。

（马车声响起。卡利亚耶夫不由自主地向窗户走去。其他人在原地等待。马车逐渐靠近，从窗户下经过，最终远去。）

沃诺夫 （看着向他走来的多拉）重新开始，多拉……

斯捷潘 （轻蔑地）是的，亚力克西，重新开始……但为了荣誉，我们总得做点什么！

幕落。

ACTE TROISIÈME

03

第三幕

两天之后，同样的时间、地点。

斯　捷　潘　沃诺夫在干什么？他应该到了。

阿南科夫　他需要休息。我们还有半个小时的时间呢。

斯　捷　潘　我可以去打探一下情况。

阿南科夫　不。我们得少冒风险。

（冷场）

阿南科夫　雅内克，你为什么不说点什么？

卡利亚耶夫　我没什么可说的。别担心。
（门铃响了）
他来了。

（沃诺夫上）

阿南科夫 你睡着了吗？

沃诺夫 嗯，睡了一会儿。

阿南科夫 你睡了一夜？

沃诺夫 没有。

阿南科夫 你应该睡足了。还是有办法的。

沃诺夫 我试过了。可我太累了。

阿南科夫 你的手在颤抖。

沃诺夫 没有。
（大家看着他。）
你们这样看我干什么，人还不能累吗？

阿南科夫 人当然可以累了。我们只是关心你。

沃诺夫 （突然很激动）前天就应该料到了。如果炸弹在前两天就投出去，我们就不会这么累了。

卡利亚耶夫 请原谅我，亚力克西。我把事情弄得复杂了。

沃 诺 夫　（低声）谁说的？为什么更难了？我只是累了，仅此而已。

多　　拉　现在一切都会进行得很快。一小时后，一切就结束了。

沃 诺 夫　是的，就结束了。一小时后……

（他环顾四周。多拉走向他，握住他的手。他松开她的手，用力挣脱。）

沃 诺 夫　波里亚，我想和你谈谈。

阿南科夫　单独谈吗？

沃 诺 夫　单独谈。

（他们四目相对。卡利亚耶夫、多拉和斯捷潘下。）

阿南科夫　怎么了？

（沃诺夫沉默不语。）

说呀，求你了。

沃 诺 夫　我很羞愧，波里亚。

（冷场）

沃　诺　夫　我感到很羞愧。但是我必须告诉你真相。

阿南科夫　你不愿意扔炸弹了？

沃　诺　夫　我没有办法扔炸弹。

阿南科夫　你害怕了？是这样吗？这没什么可羞愧的。

沃　诺　夫　我害怕，我为自己害怕而感到羞愧。

阿南科夫　但在前天，你那么快活、坚强。当你出发时，眼睛闪闪发光。

沃　诺　夫　我一直都很害怕。前天，我只是鼓起勇气，仅此而已。当我听到马车远去的声音时，我对自己说："来吧！只剩一分钟了。"我咬紧牙关，所有的肌肉都紧绷着。我准备使出全身力气扔炸弹，仿佛能把大公砸死。我在等待第一次爆炸，以释放我内心积累的所有力量。然后，什么都没有发生。马车朝我驶来，开得飞快！从我身边一晃就过去了。那时我意识到雅内克没有扔出炸弹。那一刻，我感到仿佛被可怕的寒冷笼罩。我突然觉得自己像个孩子一样虚弱。

阿南科夫 这没什么，亚力克西。生活还会继续。

沃 诺 夫 这两天，生活并没有恢复。我刚才对你撒谎了，我昨晚没睡。我的心跳得太快了。哦！波里亚，我好绝望。

阿南科夫 你不该绝望。我们都曾像你一样。这次别扔炸弹了。在芬兰休息一个月，你再回到我们身边。

沃 诺 夫 不。那是另一回事。如果我现在不扔炸弹，我就永远不会扔了。

阿南科夫 那又怎样？

沃 诺 夫 我不适合从事恐怖活动。我现在明白了。我最好离开你们。我可以到委员会和宣传部门工作。

阿南科夫 风险是一样的。

沃 诺 夫 是的，但我们可以闭上眼睛行动。我们什么都不知道。

阿南科夫 这是什么意思?

沃 诺 夫 (神情激动)什么都不知道。开会、讨论形势然后下达执行命令很容易。当然,可能会冒着生命危险,但却是摸索着,什么也看不见。然而,当夜幕降临在城市,站在人群中,站在那些神色匆匆赶着回家享受热汤、孩子和女人温暖的人中间,悄不作声,手臂上挂着炸弹的重量,心里数着在三分钟、两分钟、几秒钟内,自己将冲向一辆金碧辉煌的马车,这真的异常恐怖。现在我知道,我真的无法再次采取这样的行动,我无法重新开始。是的,我感到羞愧。我目标定得太高了。我应该回到我本该属于的地方工作。一个非常小的地方。唯一配得上我的地方。

阿南科夫 没有小地方。监狱和绞刑架总是在尽头等着。

沃 诺 夫　但我们看不到它们，就像我们看不到我们要杀的人一样。我们需要自行想象。幸运的是，我没有想象力。（紧张地笑）我从未真正相信过便衣警察。对于一个恐怖分子来说，这很奇怪，对吧？等肚子上挨一脚时，我会相信的。在那之前不会。

阿南科夫　一旦进了监狱呢？在监牢里，我们会知道并看到一切。不再会遗忘。

沃 诺 夫　在监狱里，不需要做任何决定。对的，就是这样，不再做决定！不再对自己说："来吧，轮到你了，你必须决定什么时候冲出去。"我现在确信，如果我被捕，我不会试图越狱。为了越狱，你还需要有创造力，需要主动。如果不打算越狱，那么主动权就掌握在别人手中。他们需要发挥主观能动性。

阿南科夫　他们费尽心力，有时是希望把你绞死。

沃 诺 夫　（绝望地）的确如此。但对我来说，死亡会比用尽全力掌握自己和另一个人的生命并且决定何时将这两个生命投入火海更容易。波里亚，我唯一能赎罪的方式就是接受自己的本来面目。

（阿南科夫沉默不语。）

即使是懦夫也可以为革命服务。只要找到他们合适的位置。

阿南科夫　这么说的话，那我们都是懦夫。但我们也没机会验证这一点。你随便吧。

沃　诺　夫　我宁愿马上离开。我觉得我无法面对他们了。但你会和他们谈的吧。

阿南科夫　我会和他们谈谈。

（他向沃诺夫走去。）

沃　诺　夫　告诉雅内克，这不是他的错。我爱他，就像我爱你们所有人一样。

（冷场。阿南科夫拥抱了他。）

阿南科夫　别了，兄弟。一切终将结束。幸福必将降临俄国。

沃　诺　夫　（匆匆离去）嗯，是的。愿她幸福！愿她幸福！

（阿南科夫走向门口。）

阿南科夫　来吧。

（男人们和多拉上。）

斯 捷 潘　怎么了？

阿南科夫　沃诺夫将不会负责扔炸弹了。他已筋疲力尽。这样做不安全。

卡利亚耶夫　都是我的错，对吧，波里亚？

阿南科夫　他让我告诉你，他爱你。

卡利亚耶夫　我们还会再见到他吗？

阿南科夫　也许。眼下，他离开我们了。

斯 捷 潘　为什么？

阿南科夫　他的才能在委员会那里更能派上用场。

斯 捷 潘　是他自己要求的吗？他害怕了吧？

阿南科夫　不是。都是我决定的。

斯 捷 潘　在行刺前一小时，你又给我们的队伍减了一员？

阿南科夫 在行刺前这个节骨眼，我必须独自做出决定。现在讨论已经太晚了。我来代替沃诺夫。

斯捷潘 应该轮到我才对。

卡利亚耶夫 （对阿南科夫）你是头儿。你的职责是守在这里。

阿南科夫 有时候，头儿有表现出懦弱的义务。但前提是已有机会证明自己的坚定。决定已经做好了。斯捷潘，现在由你来接替我。好了，你需要了解各种指示。

（众人下。卡利亚耶夫坐下。多拉走向他，伸出手。但又改变了主意。）

多拉 这不是你的错。

卡利亚耶夫 我伤害了他，伤害得很深。你知道他那天对我说了什么吗？

多拉 他反复说他很幸福。

卡利亚耶夫 是的，但他告诉我，在我们的团体之外，他找不到幸福。“我们有彼此，还有组织。除此之外，我一无所有。这是一种骑士精神。”多可怜啊，多拉！

多　　拉　他一定会回来的。

卡利亚耶夫　不会的。我能想象到如果是我的话，会是什么感受。真的痛不欲生。

多　　拉　那现在呢，你不痛苦吗？

卡利亚耶夫　（悲伤地）现在？我和你们在一起，我像从前的他一样幸福。

多　　拉　（慢慢地）这是一种巨大的幸福。

卡利亚耶夫　这是一种非常巨大的幸福。你不这么认为吗？

多　　拉　我和你想的一样。那你为什么难过呢？两天前你还那么光彩照人，看起来像是去参加盛大的节日庆典。今天……

卡利亚耶夫　（站起来，情绪非常激动）今天，我知道了我以前不知道的事情。你曾是对的，事情并没那么简单。我曾经以为杀人很容易，只要有想法和勇气就足够了。但我其实没有那么伟大，我现在知道仇恨中没有幸福。所有这些痛苦，在我肩上，也在别人肩上。谋杀、懦弱、不公……哦，我必须，我必须杀了他……但我会坚持到底！超越仇恨！

多　　拉　超越仇恨？那里什么都没有。

卡利亚耶夫　有爱。

多　　拉　爱？不对，这不是我们需要的。

卡利亚耶夫　哎，多拉，你怎么能这么说，我了解你的心……

多　　拉　流血太多，暴力行动太多。真正热爱正义的人没有权利去爱。他们如同我一样昂首挺胸，目光坚定。爱怎么能进入这些骄傲的心呢？爱要求你温柔地低下头，雅内克。我们，我们的脖子僵硬。

卡利亚耶夫　但我们爱我们的人民。

多　　拉　我们爱人民，这毋庸置疑。我们对人民的爱很广博，却缥缈无边，是一种不幸的爱。我们的生活远离人民，我们被关在自己的房间里，迷失在自己的思绪中。而人民，他们爱我们吗？他们知道我们爱他们吗？人民保持沉默。多么寂静，多么寂静……

卡利亚耶夫　但这就是爱，不求回报地付出一切，牺牲一切。

多　　拉　也许吧。这是绝对的爱，带着纯粹而孤独的喜悦，这确实是让我燃烧的原因。然而，在某些时候，我在想爱是否还有其他含义，是否可以不再是独白，是否能得到回应。我想象着这样的场景，你看：阳光灿烂，头温柔地低下，心摆脱骄傲，双臂张开。啊！雅内克，如果我们可以忘记这个世界可怕的痛苦，哪怕只有一个小时，尽情放松下来。这样一个短短的自私时刻，你能想象吗？

卡利亚耶夫　是的，多拉，这叫作温情。

多　　拉　你猜对了，亲爱的，这叫作温情。但你真的了解它吗？你是否用温柔的方式来热爱正义？

（卡利亚耶夫沉默不语。）

你热爱人民，你的爱炽热、温柔，还是相反，你在用复仇和反抗的火焰来爱他们？

（卡利亚耶夫仍然保持沉默。）你想一想。（她朝着卡利亚耶夫走去，声音非常微弱。）而我，你是否这样温柔地爱着我？

（卡利亚耶夫凝视着她。）

卡利亚耶夫　（沉默片刻后）没有人会像我这样爱你。

多　　拉　我明白。但难道不应该像所有人一样去爱吗？

卡利亚耶夫　我不是随便什么人。我用自己的方式爱你。

多　　拉　你爱我胜过正义，胜过组织吗？

卡利亚耶夫　你、组织和正义，在我眼里无法分割。

多　　拉　　好的，但请回答我，求你了，回答我。你是否在孤独中怀着私心爱我？如果我不是正义者，你还会爱我吗？

卡利亚耶夫　　如果你不是正义者，而我还能够爱你，那么我爱的就不是你。

多　　拉　　你没有回答。只要告诉我，如果我不属于这个组织，你还会爱我吗？

卡利亚耶夫　　那你会在哪里呢？

多　　拉　　我记得我还在读书的时候，脸上常挂着笑容。那时候我也很漂亮，整日到处游荡做白日梦。你是否会爱上那时无忧无虑的我？

卡利亚耶夫　　（犹豫了一下，然后低声说）我很想对你说“是”。

多　　拉　　（哭腔）那么，请说“是”，亲爱的，如果你这么想，如果这是真的。面对正义，面对苦难和被束缚的人民。说声“是，是”，我求你，尽管孩子们遭受痛苦，尽管有那么多被绞死和鞭打至死的人……

卡利亚耶夫 别说了，多拉。

多　　拉 不，至少让我敞开心扉一次。我在等你呼唤我的名字，我在等你在这个充满不公正的世界里呼唤我……

卡利亚耶夫 （粗暴地）别说了。我的心里只有你。但过会儿，我的手不能颤抖。

多　　拉 （神态惊慌）过一会儿？对了，我忘了……（她笑起来，却好似在哭泣。）不，这很好，亲爱的。别生气，我有些不理智了。这大概是疲劳的缘故。我也不敢说我用同样的方式爱你，在正义和监狱面前，这种爱有点奢侈。雅内克，你还记得夏天是什么样吗？可惜我们这里只有永恒的冬天。我们不属于这个世界，我们是正义者。温情不是为我们准备的。（转过身去。）啊！可怜的正义者！

卡利亚耶夫 （绝望地看着她）是的，这就是我们的命运，没有爱的位置。但我会杀了那个大公，那时我们就会拥有和平，对你我都如此。

多　　拉　和平！我们什么时候能拥有和平？

卡利亚耶夫　（激动地）明天。

（阿南科夫和斯捷潘上。多拉和卡利亚耶夫彼此分开。）

阿南科夫　雅内克！

卡利亚耶夫　马上就出发。（他深深地呼吸）终于到了这一刻，终于……

斯　捷　潘　（走向他）再见，兄弟，我和你同呼吸共命运。

卡利亚耶夫　别了，斯捷潘。（他转向多拉）别了，多拉。

（多拉朝他走去。他们距离很近，但没有接触。）

多　　拉　不，不要说“别了”。是“再见”。再见，亲爱的。我们会再见的。

（卡利亚耶夫看向多拉。冷场。）

卡利亚耶夫 再见。我……俄国的未来会很美好。

多　　拉 （眼含泪水）俄国的未来将会很美好。

（卡利亚耶夫在圣像前祈祷。）
（他和阿南科夫二人下。）
（斯捷潘走到窗边。多拉一动不动，一直盯着门的方向。）

斯 捷 潘 他走时身板挺得多直。你看，我当初不该不信任他。我质疑他的热情。他刚才在祈祷，你看到了吗？他是信徒吗？

多　　拉 他不是信徒。

斯 捷 潘 然而，他有虔诚的灵魂。这就是我们之间的区别。我知道我比他更激烈。对我们这些不相信上帝的人来说，要么争取完全的正义，要么就只剩绝望。

多　　拉 对他来说，正义本身就是令人绝望的。

斯 捷 潘 是的，他有脆弱的灵魂。但他的手很稳定。他的手比灵魂更有力量。他会干掉大公的，这是肯定的。这很好，非常好。就这样摧毁，非常有必要。你怎么什么都不说？（他审视着她）你爱他吗？

多　　拉　爱需要时间。我们甚至都没有足够的时间去追求正义。

斯捷潘　你说得对。有太多事情要做，我们必须彻底摧毁这个世界……然后……（走向窗边）我看不到他们了，他们已经到指定地点了。

多　　拉　然后……

斯捷潘　我们再相爱。

多　　拉　如果我们还活着的话。

斯捷潘　别人也会相爱。这都一码事。

多　　拉　斯捷潘，你来说一说“仇恨”？

斯捷潘　什么？

多　　拉　这个词，“仇恨”，你说一下。

斯捷潘　仇恨。

多　拉　很好。雅内克说得就不太好。

（斯捷潘沉默片刻后，靠近多拉。）

斯捷潘　我明白了：你鄙视我。然而，你确定你有权这样做吗？（沉默片刻后，语气越来越激烈。）你们都在以卑鄙的爱的名义讨价还价。但我，我什么都不爱，我恨，是的，我恨我的同类！他们的爱与我何干？三年前我在监狱里就已看透了。三年来，我一直带着这恨意。你想让我变得心软，像拖着十字架一样拖着炸弹吗？不！不可能！我已经走得太远了，我知道太多事情了……看……

（他撕开衬衫。多拉靠近他，看到鞭痕后又退缩了。）

这是痕迹！他们所谓爱的烙印！你现在还鄙视我吗？

（多拉朝他走过来，突然拥抱他。）

多　拉　谁会鄙视痛苦？我非常爱你。

斯捷潘 （看着多拉，低声说道）原谅我，多拉。（停顿片刻。他转过身去。）也许是疲劳的缘故。多年的战斗，担惊受怕，告密者，监狱……最后，就留下了这些。（他指着自己的疤痕）我怎么才能找到爱的力量呢？我至少还有恨的力量。这总比麻木不仁要好。

多拉 是的，这样更好。

（斯捷潘看着多拉。时钟响了七下。）

斯捷潘 （突然转身）大公要到了。

（多拉走向窗户，脸贴着玻璃。长时间冷场。然后，远处传来马车的声音。它越驶越近，又逐渐走远。）

斯捷潘 如果他是一个人……

（马车逐渐远去。传来一声可怕的爆炸声。多拉浑身颤抖，双手抱住脑袋。长时间的冷场。）

斯捷潘 波里亚没有扔炸弹！雅内克成功了。成功啦！哦，人民！哦，欢腾雀跃啊！

多　　拉　（扑倒在斯捷潘怀里放声大哭）是我们杀了他！是我们杀了他！是我……

斯 捷 潘　（喊道）我们杀了谁？雅内克？

多　　拉　大公。

幕落。

ACTE QUATRIÈME

04 第四幕

清晨。在布特里基监狱普加乔夫塔楼的一间牢房里。

（当幕布升起时，卡利亚耶夫在牢房里望着牢门。看守和一名囚犯拿着桶上。）

看　　守　打扫干净。干快点。

（看守走到窗边。）

（福卡开始打扫,并没有看卡利亚耶夫。冷场。）

卡利亚耶夫　你叫什么名字，兄弟？

福　　卡　福卡。

卡利亚耶夫　被判刑了？

福　　卡　看起来是的。

卡利亚耶夫 你干了什么？

福　卡 我杀了人。

卡利亚耶夫 是因为饿的吗？

看　守 小声点。

卡利亚耶夫 怎么了？

看　守 小声点。你们随便交谈是违反规定的，我睁只眼闭只眼。所以，你们说话小声点。学学那个老人。

卡利亚耶夫 你是因为饿的吗？

福　卡 不，我是因为渴的。

卡利亚耶夫 所以呢？

福　卡 反正就是我手边有一把斧头。我把一切都砸烂了。听说我杀了三个人。

（卡利亚耶夫看着他。）

福　卡 喂，老爷，所以你不再管我叫兄弟了？你害怕了？

卡利亚耶夫　哪有。我也杀了人。

福　卡　几个人？

卡利亚耶夫　如果你想知道，我就告诉你，兄弟。但请回答我，你对这发生的一切感到后悔，对吧？

福　卡　当然了，二十年，代价太大了。的确会让人有些后悔。

卡利亚耶夫　二十年。我二十三岁进来，出去时头发都该白了。

福　卡　哦！对你来说可能没那么糟。法官心情时好时坏，可能取决于他结婚了没，和谁结的婚。而且，你是老爷。你的情况和那些可怜鬼不一样。你会没事的。

卡利亚耶夫　我不信。也不希望如此。我无法忍受二十年的耻辱。

福　卡　耻辱？什么耻辱？这一看就是老爷们的想法。你杀了几个人？

卡利亚耶夫　一个。

福　卡　你说什么？一个算什么。

卡利亚耶夫　我杀了谢尔盖大公。

福　卡　大公？哎呀，你胆子真够大的！看看这些老爷们！这可是件大事，对吧？

卡利亚耶夫　这是大事。必须发生的大事。

福　卡　你为什么这么做？你是宫廷里的人吗？是不是因为女人的事？你做得很好……

卡利亚耶夫　我是社会党人。

看　守　小声点。

卡利亚耶夫　（更大声地说）我是社会革命党人。

福　卡　这就麻烦了。你为什么要当你说的什么党人呢。你只需要老实待着，一切都会好起来的。这片土地就是为老爷们准备的。

卡利亚耶夫　不是的，这片土地是为你而存在的。

这里有太多的苦难和罪恶。当苦难变少时，罪恶也会减少。如果土地是自由的，你就不会在这里了。

福　　卡　不好说。总之，不管自由与否，喝醉都不是好事。

卡利亚耶夫　醉酒从来都不是好事。我们喝酒是因为受到了屈辱。总有一天，人们将不再需要喝酒，无论是老爷还是穷人，都不会感到耻辱。那时，我们大家就像是兄弟，正义将使我们的心灵透亮。你知道我在说什么吗？

福　　卡　我懂，那是上帝的国度。

看　　守　小声点。

卡利亚耶夫　不要这样说，兄弟。上帝无能为力。获取正义是我们自己的责任！（冷场）你不懂吗？你听过圣德米特里的传说吗？

福　　卡　没听过。

卡利亚耶夫　他与上帝约好在草原见面，遇到了一个车陷入泥潭的农民，急忙上前帮忙。泥浆很厚，泥潭很深。他们奋战了一个小时。当一切结束后，圣德米特里跑去赴约。但上帝已经不在那里了。

福　　卡　那又怎样？

卡利亚耶夫　就是说，有些人赴约会迟到，是因为有太多陷入泥潭的马车和太多需要帮助的兄弟。

（福卡后退几步。）

卡利亚耶夫　怎么了？

看　　守　小声点。还有你，老头，快点。

福　　卡　我就有点怀疑。这个故事有蹊跷。人们不会因为圣人和马车的故事就被关进监狱。肯定还有别的原因……

（看守笑了。）

卡利亚耶夫　（望向他）别的什么原因？

福　　卡　要怎样处置那些杀死大公的人呢？

卡利亚耶夫　会把他们绞死。

福　　卡　啊！

（福卡急忙走开，而看守笑得更大声了。）

卡利亚耶夫　别走啊。我怎么惹着你了？

福　　卡　你没把我怎么着。虽然你是个老爷，但我不想骗你。我们闲聊、消磨时间都可以，但如果你要被绞死，那就不好了。

卡利亚耶夫　为什么？

看　　守　（笑着说）来吧，老头，说吧……

福　　卡　因为你不能像兄弟一样和我说话。绞死那些被判死刑的人的活是由我来干的。

卡利亚耶夫　你不是囚犯吗？

福　　卡　没错。正因如此他们让我干这件事儿，每绞死一个人，他们就给我减去一年的刑期。这是一笔好交易。

卡利亚耶夫 为了赦免你的罪行，他们让你犯下更多的罪行？

福　　卡 哦，这也不算犯罪，只是执行命令而已。而且，对他们来说谁来执行都一样。如果你问我的意见，我感觉他们不是基督徒。

卡利亚耶夫 已经干过多少次了？

福　　卡 两次。

（卡利亚耶夫后退。看守推着福卡走到门口。）

卡利亚耶夫 你难道是个刽子手？

福　　卡 （站在门口）那么，老爷，你呢？

（福卡下。传来脚步声、口哨声。斯库拉托夫在看守的陪同下信步走进来。）

斯库拉托夫 让我们单独待会儿。您好啊。您不认识我吗？我认识您。（笑）您已经一战成名了，对吧？（注视着卡利亚耶夫）

我可以自我介绍一下吗？（卡利亚耶夫一言不发。）您什么也不说。我知道，单独关押，对吧？单独关押八天了，很难熬吧。今天，我们已经取消了单独关押，会有人来看您的。我来就是为了这个。我已经派福卡去找您了。很特别的家伙，对吧？我猜您肯定会对他感兴趣。您满意吗？八天后看到人的面孔挺开心的吧？

卡利亚耶夫 这取决于是什么样的面孔。

斯库拉托夫 声音不错，说得很好。您挺清楚自己想要什么。（停顿片刻）如果我没理解错的话，我的脸让您不舒服？

卡利亚耶夫 是的。

斯库拉托夫 我很失望。但这是一个误解。首先，这里光线不好。在地下室里，没有人看起来友善。而且，您也不了解我。有时候，陌生的脸会让人反感。但是当我们了解内心的时候……

卡利亚耶夫 够了。你是谁？

斯库拉托夫 斯库拉托夫，警察局局长。

卡利亚耶夫 一个奴仆。

斯库拉托夫 为您效劳。如果我是您，就不会表现出过分的傲慢。您可能会改变主意。我们开始想要正义，最后却建立了一个警察局。此外，我并不害怕真相。我会对您坦诚相待。我对您很感兴趣，想向您提供获得宽恕的方法。

卡利亚耶夫 宽恕什么？

斯库拉托夫 还问宽恕什么？我为您指一条生路。

卡利亚耶夫 谁向你提出请求了？

斯库拉托夫 亲爱的，人不能请求生命，只能接受它。您从未宽恕过任何人吗？（停顿片刻）好好想想。

卡利亚耶夫 我拒绝你的宽恕，我就说一次。

斯库拉托夫 至少听我解释下。我并不是您的敌人，和表面看起来不一样。我承认您的想法是对的。除了暗杀这种手段……

卡利亚耶夫 我禁止你使用这个词。

斯库拉托夫 （注视着卡利亚耶夫）啊！神经很脆弱，是吧？（停顿片刻）我坦诚地讲，我真是想帮助您。

卡利亚耶夫 帮助我？我愿意付出必要的代价。但你对我这么亲近，让我无法忍受。你走吧。

斯库拉托夫 您面临的罪责指控……

卡利亚耶夫 我要纠正一下。

卡利亚耶夫 我纠正。我是一个战俘，而不是被控告的罪犯。

斯库拉托夫 随您怎么讲。但是，还是造成了损失，对吧？先不说大公和政治。至少，失去了一条人命。死得多么惨啊！

卡利亚耶夫 我的炸弹是向你们的暴政而投，而不是针对一个人。

斯库拉托夫 也许吧。但挨炸弹的总归还是人啊。这对他来说并不好受。要知道，亲爱的，当人们找到尸体时，头不见了。头消失了！至于身体的其他部分，我们只能辨认出一只胳膊和一部分腿。

卡利亚耶夫 我只是执行判决。

斯库拉托夫 也许吧，也许吧。我们不是在指责判决。什么判决？这个问题可以争论一整夜。我们是想指责……不，您可能不喜欢这个词……比如说，执行方式有点业余，有点混乱，结果却没什么可争议的。每个人都能看到。可以问问大公夫人。血肉横飞的场景，您知道吗？

卡利亚耶夫 住口。

斯库拉托夫 好的。我只是想说，如果您坚持谈论判决，说这是党自己做出的判断和处决，大公不是死于炸弹，而是死于一个想法，那么您不需要宽恕。倘若我们回到事实，假设是您炸掉了大公的头，一切都变了，不对吗？那么您就需要被宽恕。我想帮助您。纯粹是出于同情，相信我。（笑）您想想，我对想法不感兴趣，我对人感兴趣。

卡利亚耶夫 （神情激动）我的人格高于你和你的主人。你可以杀了我，但不能审判我。我知道你想说什么。你在寻找我的弱点，期待我表现出羞愧、流泪，然后渴求悔改。但你什么也得不到。我是什么样的人与你无关。与你有关的是我们的仇恨，我和我的兄弟们的仇恨。这种仇恨专为你们服务。

斯库拉托夫 仇恨？又是一种思想。谋杀不是思想，而是行为。当然，还有后果。我是指悔改和惩罚。这是我关注的核心问题。这也是为什么我成为了一名警察，就是为了站在事情的核心。但您可能不喜欢这种坦诚。（停顿片刻。他慢慢地朝着卡利亚耶夫走近。）我想说的是，您不应该假装忘记大公的头。如果您考虑到这一点，您的思想就毫无用处了。您可能就会感到羞耻，而不是为您所做的事情感到骄傲。从您感到羞耻的那一刻起，您就会希望活下去以弥补过错。最重要的是，您要决定活下去。

卡利亚耶夫 如果我决定活下去会怎样呢?

斯库拉托夫 您和您的同伴将获得宽恕。

卡利亚耶夫 你们逮捕他们了?

斯库拉托夫 没有。正好相反。但如果您决定活下去，我们会逮捕他们。

卡利亚耶夫 我不确定我完全理解了。

斯库拉托夫 毫无疑问。您平心静气好好想想。从思想的角度来看，您不能背叛他们。但从事实的角度来看，这是为他们好。您会让他们避免遇到新的麻烦，也会让他们远离绞刑架。最重要的是，您会得到内心的平静。从很多角度来看，这是一笔稳赚不赔的交易。

（卡利亚耶夫一言不发。）

斯库拉托夫 怎么样?

卡利亚耶夫 我的兄弟们很快就会回答你。

斯库拉托夫 又要犯罪！显然，这是一种执念。好了，我的任务完成了。我很伤心。但我看得出来，您坚持您的想法。我无法让您放弃这些想法。

卡利亚耶夫 你无法让我背叛我的兄弟们。

斯库拉托夫 再见。（他假装要离开，突然转过身回来。）既然如此，您为什么放过大公夫人和她的侄子们？

卡利亚耶夫 谁告诉你的？

斯库拉托夫 为您收集情报的人也向我们提供了情报。至少部分情报……您为什么放过他们？

卡利亚耶夫 这不关你的事。

斯库拉托夫 （笑着说）果真如此？我来告诉您为什么。思想可以杀死大公，却很难杀害孩童。这就是您所发现的。那么，问题就来了：如果思想不该杀死孩子，那么就值得杀死一个大公吗？

（卡利亚耶夫似乎要辩驳。）

斯库拉托夫 哦！不要回答，千万不要回答我！您直接把答案告诉大公夫人吧。

卡利亚耶夫 大公夫人？

斯库拉托夫 是的，她想见您。我来主要是为了看看是否有可能进行这次谈话。我认为是可能的。谈话甚至可能让您改变主意。大公夫人是基督徒。您要知道，医治灵魂是她的专长。

（斯库拉托夫笑起来。）

卡利亚耶夫 我不想见她。

斯库拉托夫 很抱歉，她坚持要见您。毕竟，您应该给她一些面子。据说自从丈夫去世后，她就精神失常了。我们不想让她扫兴。（站在门口）如果您改变主意，别忘了我的提议。我会再来的。（停顿片刻。侧耳倾听。）她来了，警察之后是宗教！您显然被宠坏了。但一切都是环环相扣的。想象一下没有监狱的上帝，那是多么孤独啊！

（斯库拉托夫下。传来说话的声音和命令。）

（大公夫人上，一动不动，默默不语。）

（门开着。）

卡利亚耶夫 您来干什么？

大公夫人 （露出她的脸）来看看。

（卡利亚耶夫一言不发。）

大公夫人 很多东西会跟随一个人一同离去。

卡利亚耶夫 我知道。

大公夫人 （口气自然，但声音很小，有些沙哑。）凶手们可不知道这一点。如果他们知道，他们怎么还会杀人呢？

（冷场）

卡利亚耶夫 我见过您。我现在想一个人待着。

大公夫人 不。我还得看看你。

（卡利亚耶夫后退。）

大公夫人 （坐下，筋疲力尽）我再也不想一个人待着了。以前，如果我感到痛苦，他可以看见我的痛苦。那时痛苦是美好的。现在……不，我再也不想一个人待着了，我不想一直沉默……但该和谁说话呢？其他人体会不到。他们假装悲伤。他们确实悲伤了一两个小时。然后他们去吃饭——然后睡觉。尤其是睡觉……我想你应该和我一样。我敢肯定你没有睡觉。如果不和凶手谈论犯下的罪，还能和谁谈呢？

卡利亚耶夫 犯的什么罪？我只记得一次正义的行动。

大公夫人 同样的语气！你的语气和他一样。所有的人在谈论正义时都是同样的语气。他说："这是正义的！"然后我们就得保持沉默。他可能错了，你也可能错了……

卡利亚耶夫 他代表了最高等级的不公正，这种不公正让俄国人民痛苦了几个世纪。他却享受着特权。即使我错了，监狱和死亡就是我的报应。

大公夫人 是的，你很痛苦。但他却被你杀了。

卡利亚耶夫 他死得很突然。这样的死不算什么。

大公夫人 不算什么？（声音更低）的确如此。你立刻就被带走了。据说你还在警察簇拥下发表演讲。我理解，这对你有益。我在几秒钟后就到了。我什么都看到了。我把我能拖动的所有都放在担架上。那么多血！（停顿片刻）我穿着一件白色的裙子……

卡利亚耶夫 别说了。

大公夫人 为什么？我说的是实话。你知道他在死前两小时在做什么吗？他在睡觉。坐在椅子上，脚放在另一张椅子上……像往常一样。他睡着了，而你，你在残酷的月色下等着他……（哭）请帮帮我吧。

（他后退，态度僵硬。）

大公夫人 你很年轻。你不会是坏人。

卡利亚耶夫 我没有时间做一个年轻人。

大公夫人　你为什么这么刻板？你就从来没有同情过自己吗？

卡利亚耶夫　没有。

大公夫人　你错了。这样可以减轻痛苦。我呢，只同情我自己。（停顿片刻）我很痛苦。你应该把他和我一起杀了，不需要放过我。

卡利亚耶夫　我并没想放过您，而只是放过了和您在一起的孩子们。

大公夫人　我知道。我不太喜欢他们。（停顿片刻）他们是大公的侄子侄女。他们难道不像他们的叔叔一样有罪吗？

卡利亚耶夫　您说的不对。

大公夫人　你了解他们吗？我的侄女心地不怎么好。她不愿意亲自施舍穷人，害怕碰着他们。她不正义，是吧？她的确是不正义的。大公至少还喜欢农民。他还和农民一起喝酒。而你却杀了他。当然，你也是不正义的。这片土地真是荒凉。

卡利亚耶夫 别做无用功了。您想削弱我的力量，让我感到绝望。您不会成功的。请您离开吧。

大公夫人 你不想和我一起祈祷，忏悔吗……这样我们就不孤单了。

卡利亚耶夫 让我去赴死吧。如果我不死，那么我就成为杀人凶手了。

大公夫人 （起身）死？你想死？不行。（她激动地走向卡利亚耶夫。）你必须活着，同意自己是一名凶手。你不是杀了他吗？由上帝为你辩护。

卡利亚耶夫 哪个上帝，我的还是您的？

大公夫人 圣教会的上帝。

卡利亚耶夫 这里没有圣教会什么事。

大公夫人 她侍奉的主人，也曾经蹲过监狱。

卡利亚耶夫 时代已经变了。圣教会选择了主人的衣钵。

大公夫人 选择衣钵，你这是什么意思？

卡利亚耶夫 把恩典保留给了自己，让我们负责行使慈善。

大公夫人 我们是谁？

卡利亚耶夫 （大喊）所有被你们绞死的人。

（冷场）

大公夫人 （小声地）我不是你们的敌人。

卡利亚耶夫 （绝望地）您是，您的族类，您的圈层中的所有人都是。比犯罪更卑鄙的事情就是强迫本不该犯罪的人去犯罪。瞧瞧我，我向您发誓，我不是天生的杀手。

大公夫人 不要像对敌人那样对我说话。您看，（她走过去关上牢房的门。）我向您敞开心扉。（哭）鲜血将我们分隔两边。但您可以在上帝那里与我重聚，就在发生不幸的地方。至少和我一起祈祷。

卡利亚耶夫 我拒绝。（他走向大公夫人。）我只是同情您，您刚刚触动了我的心。现在，您应该可以理解我了，因为我对您敞开心扉。我不再期待与上帝会面。但是，死亡时刻来到之时，我会准时赴约，和我爱的人，那些此刻正在想着我的兄弟们。祈祷就是背叛他们。

大公夫人 您这是什么意思？

卡利亚耶夫 （激动地）没什么，只是说幸福将与我同在。我的战争旷日持久，我会坚持下去。但当判决宣布，行刑准备就绪时，那时的我会在断头台下转过身去，远离您和这个丑陋的世界，让自己沉浸在满心的爱中。您明白我的意思吗？

大公夫人 远离上帝何谈爱。

卡利亚耶夫 对人类的爱。

大公夫人 人类是卑鄙的生物。除了毁灭或原谅，还能做什么？

卡利亚耶夫 同归于尽。

大公夫人　人们只能孤独赴死。他就是独自死去的。

卡利亚耶夫　（绝望地）同归于尽！今天，相爱的人如果想团聚，就必须共同赴死。在这世间，不公、羞耻、痛苦、伤害、犯罪都会将人分离。人生在世就是一种折磨，因为活着就会经历分离……

大公夫人　上帝会让我们团聚。

卡利亚耶夫　上帝不在这片土地上。我的约会地点在这片土地上。

大公夫人　这是狗的约会，鼻子贴着地面，总是在嗅，又总是失望。

卡利亚耶夫　（转向窗口）我不久后就会知道了。（停顿）但是，难道不能想象两个放弃所有快乐的人，在痛苦中相爱，除了痛苦的约会，无法给自己安排其他事情吗？（凝视大公夫人）难道我们不能想象同一条绳索将这两人紧紧相连吗？

大公夫人　这是什么可怕的爱？

卡利亚耶夫 您和您圈子里的人从未允许我们有其他爱的选择。

大公夫人 我也爱那个被您杀死的人。

卡利亚耶夫 我明白。这就是为什么我原谅您和您的同伙对我造成的伤害。（停顿）现在，请您离开吧。

（长时间的冷场。）

大公夫人 （起身准备离开）我会走的。但我来这里是为了带您回到上帝身边，我现在知道了。您想自行审判和自我救赎。您是做不到的。如果您活着，上帝可以做到。我会请求宽恕您。

卡利亚耶夫 我恳求您，不要这样做。让我死吧，否则我会恨死您的。

大公夫人 （站在门口）我会向人类和上帝请求宽恕您。

卡利亚耶夫 不，不行，我不允许您这样做。

（他跑到门口，猛然发现斯库拉托夫在那里。卡利亚耶夫后退，闭上眼睛。

冷场。他再次睁开眼睛紧盯着斯库拉托夫。）

卡利亚耶夫 我刚才需要你。

斯库拉托夫 这让我非常高兴。什么事？

卡利亚耶夫 我需要再次蔑视你们。

斯库拉托夫 可惜啊。我是来听答复的。

卡利亚耶夫 你现在得到了你想要的。

斯库拉托夫 （改变语气）不，我还没有。您听我说，我安排了这次您与大公夫人的会面，这样明天就能在报纸上发布这个消息。报道会遵循事实，但是会声明您已经忏悔。您的同伴会认为您背叛了他们。

卡利亚耶夫 （平静地）他们不会相信的。

斯库拉托夫 您如果认罪了，我就不会发布。您有一整夜的时间来做决定。

（斯库拉托夫走向牢门口。）

卡利亚耶夫 （大声说）他们不会相信的。

斯库拉托夫 （转过身来）为什么？他们从未犯过错吗？

卡利亚耶夫 你不了解他们的爱。

斯库拉托夫 是的。但我知道，人不可能守着兄弟情谊一整夜，却不出现哪怕一分钟的动摇。我会等待动摇的时刻。（他关上了身后的门。）不要着急。我有耐心。

（他们四目相对。）

幕落。

ACTE CINQUIÈME

05

第五幕

一周后，在另一间公寓，装潢风格相似。夜晚。

（冷场。多拉反复踱步。）

阿南科夫　休息一下吧，多拉。

多　　拉　我很冷。

阿南科夫　过来躺在这里。盖上被子。

多　　拉　（继续踱步）夜晚很长。我好冷，波里亚。

（有人敲门。先是敲了一下，然后两下。）

（阿南科夫去开门。斯捷潘和沃诺夫上，沃诺夫向多拉走去并拥抱她。她紧紧地抱住沃诺夫。）

多　　拉　亚力克西！

斯　捷　潘　奥洛夫说可能在今晚。所有不当班的士官都被召集起来。这样他就会在场。

阿南科夫　你在哪里见他？

斯　捷　潘　他会在索菲斯卡亚街的餐厅等我和沃诺夫。

多　　　拉　（筋疲力尽，已经坐下）就在今晚了，波里亚。

阿南科夫　一切还未成定局，决定权还在沙皇手中。

斯　捷　潘　如果雅内克请求宽恕，那么决定权就在沙皇手中。

多　　　拉　他没有这样做。

斯　捷　潘　如果不是为了求得宽恕，他为什么要见大公夫人？大公夫人到处说他已经悔改了。我们怎么知道什么才是真相？

多　　　拉　我们知道他在法庭上说了什么，以及他给我们的信里写了什么。雅内克是不是说过，他很遗憾自己只有一条命来挑战专制政权？说出这些话的人怎么可能乞求宽恕，怎么可能悔恨当初？不，他视死如归。他所做的不容置疑。

斯　捷　潘　他见大公夫人是个错误。

多　　　拉　是不是错误，他是唯一的评判者。

斯　捷　潘　根据我们的规定，他不应该见她。

多　　　拉　我们的规则就是杀人，仅此而已。现在，他是自由的了，他终于自由了。

斯　捷　潘　还没到时候。

多　　　拉　他是自由的。他有权利在临死前做他想做的事。因为他即将死去，你们应该满意了吧。

阿南科夫　多拉！

多　　　拉　对吧。如果他得到宽恕，那将是多么大的胜利！这将证明，大公夫人说的是真话，他已经悔改并且背叛了我们。如果他死了，相反地，你们就会相信他，并且仍然爱他。（她看着众人）要得到你们的爱代价真高啊。

沃 诺 夫　（走近多拉）不，多拉。我们从未怀疑过他。

多　　拉　（来回踱步）好吧……也许吧……请原谅我。但不管怎样，没有意义了！我们今晚就会知道结果……啊！可怜的亚力克西，你来这里做什么？

沃 诺 夫　接替他。当我读到他的庭审发言时流泪了，但是同时也感到非常骄傲。看到“死亡将是我对这个充满泪水和鲜血的世界的最终抗议……”我全身开始颤抖起来。

多　　拉　一个充满泪水和鲜血的世界……他的确这么说过。

沃 诺 夫　他是这么说的……啊，多拉，多么勇敢啊！最后，他大声呼喊：“如果说我斗争在人类反抗暴力的前线，那么就让死亡为这纯粹的追求加上桂冠吧。”于是我就决定来了。

多　　拉　（双手掩面）他确实追求纯粹。但这是多么恐怖的桂冠！

沃 诺 夫　不要哭泣，多拉。他说过不要为他的死而哭泣。哦，我现在完全理解他。我不能怀疑他。我曾经太过懦弱，所以一度非常痛苦。然后，我在第比利斯投下了炸弹。现在，我和雅内克没有什么不同。当得知他被定罪时，我只有一个想法：我不曾与他并肩战斗，但是我可以来接替他。

多　　拉　今晚谁能代替他！他将孤身一人，亚力克西。

沃 诺 夫　我们应该用我们的骄傲来支持他，就像他以榜样力量来支持我们一样。不要哭。

多　　拉　看看我，我的眼睛是干的。但是，骄傲，哦，不，我再也不会骄傲了！

斯 捷 潘　多拉，不要误解我。我希望雅内克活着。我们需要像他这样的人。

多　　拉　这不是他所希望的。我们应该希望他死。

阿南科夫　你疯了。

多　　拉　我们只能这样希望。我知道他心里是怎样想的。只有赴死，他才能得到心灵的平静。哦，是的，让他死吧！（小声说）但希望他死得迅速。

斯 捷 潘　我要走了，波里亚。来吧，亚力克西。奥洛夫在等我们。

阿南科夫　好的，早点回来。

（斯捷潘和沃诺夫朝房门走去。斯捷潘看了看多拉的方向。）

斯 捷 潘　我们很快就会知道具体情况。照顾她一下吧。

（多拉站在窗边。阿南科夫注视着她。）

多　　拉　死亡！绞刑架！又是死亡！啊！波里亚！

阿南科夫　是的，小妹妹。但没有其他解决办法。

多　　拉　不要说这样的话。如果死亡是唯一的解决办法，那么我们一定是走错了路。正确的道路都是通往生活，通往阳光的。我们不能一直生活在寒冬中……

阿南科夫　那条路也通向生活，只是那是别人的生活。俄国会走下去，我们的子孙后代会好好生活下去。记住雅内克说过的话：“俄国的未来会很美好。”

多　　拉　别人，我们的子孙后代……没错。但此时雅内克在监狱里，被冰冷的绳索绑着。他就要死了。他可能已经死了，为了让别人可以活着。啊！波里亚，如果其他人没有活呢？如果他白白死掉了呢？

阿南科夫　别说了。

（冷场）

多　　拉　天真冷啊。春天到了。我知道监狱的院子里有树。他应该能看到。

阿南科夫　等等看吧。不要这样发抖。

多　　拉　我太冷了，我感觉好像已经死了。（停顿片刻）这一切让我们老得太快了。我们再也不会是孩子了，波里亚。第一次杀人后，童年就消失了。我扔下炸弹，一秒钟，你看，整个人生就过去了。是的，我们现在可以死了。我们已经走完了人的一生。

阿南科夫　那我们得像他一样，在战斗中死去。

多　　拉　你们走得太快了。你们和他不一样。

阿南科夫　不幸和苦难也来得很快。在这个世界上，再也没有耐心和成熟的位置了。俄国脚步匆匆。

多　　拉　我知道。我们已经承担了人世间的痛苦。他也是如此。多么勇敢！但有时我想，这是一种会被惩罚的骄傲。

阿南科夫　这是一种值得我们用生命相抵的骄傲。没有人能走得比我们更远。我们有权骄傲。

多　　拉　我们确定没有人能走得更远吗？有时，

我在听斯捷潘说话时，会感到毛骨悚然。可能会有其他人以我们为榜样去杀人，而他们却不用付出生命的代价。

阿南科夫 那就是懦弱的表现，多拉。

多　　拉 谁知道呢？也许那才是正义，并且没有人敢正视它。

阿南科夫 多拉！

（多拉陷入沉默。）

阿南科夫 你动摇了吗？我都快不认识你了。

多　　拉 我很冷。我在想他可能也一样，为了避免表现出害怕的样子，努力忍住不颤抖。

阿南科夫 难道你已经不再和我们并肩战斗了？

多　　拉 （扑向阿南科夫）哦，波里亚，我和你们同在！我会坚持到底。我憎恨暴政，我知道我们别无选择。但我带着一颗快乐的心选择了这条路，却带着一颗悲伤的心坚守。这就是区别。我们是囚犯。

阿南科夫 整个俄国都在经历牢狱之灾。我们要把监牢的墙壁炸得粉碎。

多　　拉 只要给我一颗炸弹，你就瞧着吧。我会在火海中前进，我的步伐会很坚定。这并不难，在矛盾中死去比活在矛盾中容易得多。你爱过吗，真的爱过吗，波里亚？

阿南科夫 我爱过，但已经是很久以前的事情了，我都记不起来了。

多　　拉 多久以前？

阿南科夫 四年前。

多　　拉 你领导组织多久了？

阿南科夫 四年。（停顿）现在我爱的是组织。

多　　拉 （走向窗户）爱，是的，还有被人爱呢！……不，我们必须前进。我们想停下来都不行。前进！前进！我们想伸出双臂，让自己放松。但肮脏的不正义像胶水一样粘在我们身上。前进！我们注定要超越自我。人，面孔，这就是我们想爱的。爱胜过正义！不，我们必须前进。前进，多拉！前进，雅内克！（哭）但对他来说，目标越来越近了。

阿南科夫 （把她抱在怀里）他会得到宽恕的。

多　　拉 （凝视着他）你知道这是不可能的。而且你也很清楚不应该这样。

（阿南科夫移开了视线。）

多　　拉 他可能已经走到院子里了。当他出现时，所有人突然鸦雀无声。但愿他不要觉得冷。波里亚，你知道怎么绞死人吗？

阿南科夫 把人系在一根绳子的尽头。够了，多拉！

多　　拉 （盲目地）刽子手跳上他的肩膀。脖子发出嘎吱声。这不是很可怕吗？

阿南科夫 是的。在某种意义上来说是很可怕。在另一层意义上，这是一种幸福。

多　　拉　幸福？

阿南科夫　在死前感受到一个人的手。

（多拉瘫倒在一把椅子上。）
（冷场）

阿南科夫　多拉，我们现在必须离开，稍微休息一下。

多　　拉　（迷茫地）离开？和谁一起？

阿南科夫　和我一起，多拉。

多　　拉　（看着阿南科夫）离开！（她转身面向窗户）黎明到了。雅内克已经死了，我敢肯定。

阿南科夫　我是你的兄弟。

多　　拉　是的，你是我的兄弟，你们都是我爱的兄弟。（传来雨声。天亮了。多拉低声说话。）但有时候，兄弟情谊又是多么的可怕！

（有人敲门。沃诺夫和斯捷潘进来。所有人都一动不动，多拉摇摇晃晃，但在明显的努力下恢复了镇定。）

斯 捷 潘 （低声说）雅内克没有背叛。

阿南科夫 奥洛夫看到了吗？

斯 捷 潘 是的。

多 拉 （坚定地走上前）坐下。给我讲讲。

斯 捷 潘 有什么意义呢？

多 拉 请将一切告诉我。我有权利知道。我要求你详细地讲给我。

斯 捷 潘 我做不到。而且，现在我们必须离开。

多 拉 不，你会说的。什么时候通知他的？

斯 捷 潘 晚上十点。

多 拉 什么时候绞死他的？

斯 捷 潘 凌晨两点。

多 拉 那么在这四个小时里，他就一直在等待？

斯 捷 潘 是的，一句话也没说。然后一切就结束了。现在，一切都结束了。

多　　拉　四个小时没说话？等等。他衣着如何？他穿皮大衣了吗？

斯 捷 潘　没有。他全身黑衣，没有外套。他戴着一顶黑色的帽子。

多　　拉　天气怎么样？

斯 捷 潘　黑夜。雪是脏的。雨水把雪变成了黏糊糊的泥。

多　　拉　他发抖了吗？

斯 捷 潘　没有。

多　　拉　奥洛夫和他的目光相遇了吗？

斯 捷 潘　没有。

多　　拉　那他当时在看什么？

斯 捷 潘　奥洛夫说，他看着所有人，但又好像什么也没看见。

多　　拉　之后呢，之后呢？

斯捷潘　算了，多拉。

多拉　不，我想知道。至少他的死是属于我的。

斯捷潘　他们向他宣读了判决。

多拉　那段时间他在做什么？

斯捷潘　什么也没做。只有一次，他摇了摇腿，抖掉了一点弄脏鞋子的泥巴。

多拉　（双手掩面）一点泥巴！

阿南科夫　你怎么知道的？

（斯捷潘沉默不语。）

阿南科夫　（猛然说）你向奥洛夫打听了所有细节？为什么？

斯捷潘　（移开视线）我和雅内克之间有过问题。

阿南科夫　什么问题？

斯捷潘　我嫉妒过他。

多拉　之后呢，斯捷潘，之后呢？

斯捷潘　弗洛伦斯基神父来给他看十字架。他拒绝亲吻它，然后宣布：“我已经告诉过你们，我和生活已经了结，我和死亡已经和解。”

多　　拉　他的声音怎么样？

斯 捷 潘　和平时完全一样。但是没有你们所熟悉的狂热和局促。

多　　拉　他看起来幸福吗？

阿南科夫　你真是疯了！

多　　拉　是的，是的，我敢肯定，他看起来很幸福。因为如果他为了更好地准备牺牲而拒绝了生活的幸福，但是在死亡的同时没有得到幸福，那就太不公平了。他很幸福，他平静地走向绞刑架，对吧？

斯 捷 潘　他走了。有人在河对岸用风琴唱歌。有狗在叫。

多　　拉　他登上去了……

斯 捷 潘　他登上去，隐没在夜色中。我们隐约能看到裹尸布，刽子手把他完全盖住。

多　　拉　然后，然后……

斯捷潘　发出了低沉的声音。

多　　拉　低沉的声音。雅内克！然后……

（斯捷潘沉默不语。）

多　　拉　（粗暴地）然后，告诉我啊。（斯捷潘不说话。）告诉我啊，亚力克西。然后呢？

沃诺夫　这是一声可怕的响声。

多　　拉　啊！（她扑到墙上。）

（斯捷潘转过头去。阿南科夫毫无表情地流泪。多拉转过身，背靠墙壁看着他们。）

多　　拉　（神情失常，声调也变了）不要哭。不，不，不要哭！你们看，今天是一切得到证明的日子。在这个时刻天空中升起的就是我们这些反抗者的见证：雅内克不再是杀手。那声可怕的响声！

只需要那可怕的响声，他就回到了快乐的童年。你们还记得他的笑声吗？他有时无缘无故就会笑起来。他是多么年轻！他现在一定在笑。脸贴着地面，还在笑着！

（她朝着阿南科夫走去。）

多　　拉　波里亚，你是我的兄弟吗？你说过你会帮助我？

阿南科夫　是的。

多　　拉　那么，为我做这件事。把炸弹给我。

（阿南科夫凝视着她。）

多　　拉　是的，下次，我想扔炸弹。我想第一个扔炸弹。

阿南科夫　你清楚我们不想让女人站在最前线。

多　　拉　（尖声）我现在还是女人吗？

（众人看着她。冷场。）

沃 诺 夫　（轻声地）同意吧，波里亚。

斯　捷　潘　是的，同意吧。

阿南科夫　斯捷潘，本来这次轮到你了。

斯　捷　潘　（看着多拉）同意吧。她现在非常像我。

多　　　拉　你会把炸弹给我的，对吗？然后，在一个寒冷的夜晚，我会把它扔出去……

阿南科夫　是的，多拉。

多　　　拉　（哭泣）雅内克！在一个寒冷的夜晚，同样的绞绳！现在一切都会更容易了。

幕落。

剧终。